造本　田代しんぺい

枇杷の葉風土記

一

鏡面の湖水
枇杷の葉舟　一艘
渡っていく

と　一艘
また一艘

一郎から
五郎まで
六郎は他の事情で
あいだのあいた七郎は

包まれて
もう　わたしません
花のように眠っている

二

かごめ　かごめ　と輪をひろげ
うしろの正面だあれ　と気配を消す
ぎょうさんの人が出ていかはりました
これからという人ばかりでした
身支度もそこそこに

指先からちょうちょう飛び立つみたいに出ていかはりました
それを小旗で見送って

かごめ　かごめ
かごのなかのとりは
いついつでやる
うしろの正面
だあれ

だあれ　と問われても
うしろはいつもすうすうして
呼んだ声は
そのまま風にしかなりませんでした

お宮さんの庭
ひとり抜けして
ふたり抜けして
それでも解けない輪
いまだにあります

うしろのしょうめん　だあれ

あるか　ないかの
風が巻いています

三

夕立が降りました

今まで降ったことのないような激しい夕立でした
夕立はあとに大きな水たまりを残していきました
底の見えない
いつまで経っても消えない
空を映して
じっとなにかを見ているような水たまりでした

なんや目みたいやな
ぼくらは縁を囲んで何の目か考えました
しかし　いくら考えても
こんなに大きな目をしたものはぼくらの頭のどこにも棲んでいませんでした
そしたら　コウちゃんが
おれんとこの一番上の兄ちゃん
南方の戦線に行かはったとき

月のない晩　赤い星と星の間を大っきな魚が泳いどるの　見た
上官に聞いたら
あれか　あれは大きな戦闘があった晩　出て来よる
と教えてくれはったと言うてた
そいつの目とちがうか
と言いました
ぼくらは　そや　それや　と思いました
そして　その話をもっと聞きたいと思いました
けれど　その兄ちゃんは
何回目かの戦闘で船と一緒に南の海に沈んで
今はもう　いないひとでした

ぼくらは南の空を見ました
東の空を見ました

何も見えませんでした
帰ろ
だれかがいいました
それを合図にみんなはバッタみたいに家にとんで帰りました

その晩
ぼくらは同じ夢を見ました
魚の夢です
魚は億年泳いでも行きつけない星と星のあいだに身を潜ませていました
ときたま泡のようなものが近づいてくると
頭だけだしてぱくりとそれを飲み込んでいました
それ以外は薄目を開けて
ぼんやりとぼくらの星の方を見ていました
悲しい目でした

帰ろ
だれかが　また　いいました
と　その拍子に風が起こり
雨戸は閉まっているというのに
ぼくらの夢はぐらぐらと揺れました

四

春先の雨あがりでした
ヒデオさん
門口からひょいとうちの庭先　覗き込んで
おばちゃん
おばちゃんとこの庭
シューベルトのうた　聞こえる

と言わはりました
おかしなこと
わたしにそんなん聞こえへんし
うちにはだれも居《お》らん
そら　ヒデオさんの空耳と違うかと返したら
枇杷の葉や
枇杷の葉先が鳴っとる
と言わはって

合格とも不合格ともつかなんだ徴兵検査
ヒデオさん
兵隊にも百姓にもなれんと
おかしな咳をして
ムラの縁《へり》

影絵の中のひとみたいに歩いてはりました

そんなヒデオさんのどこに咎《とが》あったんやろか
秀男か
鳥打ち帽子被った男に誰何され
ヒデオさん
首　縦に振らはったとたん
影絵から引っぱりだされてどこかに連れて行かれはりました
わたしもヒデオさんのこと
事細かに聞かれましたけど
何を聞きたいのんか
聞いてることが分かりませんでしたので
知りません
知りません

ゆうてたら
この前　門口でなにやら話　しとったの
言うもんやさかい
ああ　あのことと思うて　した話　全部話しました
そしたら　鳥打ち帽子ふたり
なにをどう合点したんですやろ
枇杷　とはな
考えたもんや
枇杷の葉で傍受しとったか
わけの分からんことゆうて
ついでに
この木　始末させてもらうでと
枇杷の木　倒していきました

そやけど
鳥打ち帽子の仕事　ロクなもんやありませんでした
切った脇から
これでもか　これでもかというほど
芽　吹き出して
今では枇杷の葉だけで
森みたいになって
雨あがり
ヒデオさんの言うてはったシューベルトとやら
葉先をこぼれて
庭一面
キラキラ
光っています

五

半ドンでした
無言の隊列を組んで
若い兵隊さん　十人
固い足音　カッ　カッとひとつにして
渡り廊下渡って行かはるのん
ぼくは見ました
何べんも見ました

あの人ら　どこへ行かはる人ですか
手を挙げて聞いてみたいと思いました
そやけど
今日はもう学校に来たらあかん

大事な集まりあるよって
センセにそう禁じられて
こっそり回った学校の裏山
アジサイの咲く
そのなかの花のひとつのような顔をして見ていました

きっと偉い人やったんでしょう
黒板いっぱいに十人のひとの名前
刻むように書きはって
それから長い　長いあいだ黙ってはって
よっぽど経って
以上！
の声で
若い兵隊さん

来たときみたいに無言の隊列組んで
カツ
カツと
渡り廊下渡って行かはりました
それがぼくには
白木の柱
歩いてるみたいに見えて
いつもそう見えて

あの人ら　どこへ行かはったひとですか
北ですか
南ですか
今でも
空の板木打つように

カツ　カツと
固い音　聞こえてきます

六

シオカラトンボ
影を映して
池のまんなか
行くでもなく　戻るでもなく
羽　動かして
一所に留まっています
その羽音　じっと聞いとると
いまだに届いてくる声　あります
ヒコーキです

南の空の
濃い青色していっこうに褪せんところ
はれて英霊となって帰ってこいと
祝福されて飛び立ったヒコーキです
編隊の頭から順々に崩れて九番目
照準はぴったり合うていたはずやのに
敵艦をおおきく通り越し
その先の先
帝国の紙　舞うように
左にひらり
右にひらり
ゆっくり
ゆっくり墜ちて
波間を浮き沈みしながら飛行士

ゆうて寄こします
お母ちゃん　オレ
英霊になりそこのうた
かんにん

かんにんて
かんにんもなんも

シオカラトンボ
影を映して
暮れない池のまんなか
行くでもなく
戻るでもなく

七

来るもん来てしもうたからには
もう家のことは何もせんでええ
思い　残さんように
したかったことしたらええ
そういうたのに
おまえは
前の日の夕方
よりにもよって
お母ちゃん
厠の糞　ぼちぼち汲んどかんと　やなんて言いだして
なんぼ年頃の体つきになったというても

肥担ぎには肥担ぎのコツというもんがある
前と後の肥桶
天秤棒のしなりに合わせて
地を這うように歩かんと
それをおまえは力まかせに担いで
お月さん　隠れた一瞬のあぜ道
田に撒く糞を自分にあびて

遅い　遅いと思うとったら
裏の川
おまえはシジミみたいにひっそりと
石鹸がわりに砂こすりつけて
肥桶といっしょに
自分も洗うとったけど

糞はとれても
染みついた臭い
そう易々とは

晴れの出征でした
祈武運長久の幟旗《のぼりばた》風に靡いて
帝国の兵隊
ひとりだけ
糞の臭いをふんぷんとさせて

八

一人息子のタケシさん
戻って来んひとにならはった

タナカのおばちゃん
朝から晩まで縁側に座って庭を見てはる
木瓜が咲いた
山吹が咲いた
小手鞠《こでまり》が咲いた
ぼちぼち田起しせんと

と言うて
どないに声掛けたらええもんか
躊躇してたら
おばちゃんの方から
わたしの名前呼ばはって
庭先のスズメ指さし
あのスズメ　タケシに似てへんかと聞かはる

スズメがヒトに似てるやなんて
そんなアホなこと
と思いましたけど
つつつっと走って立ち止まり
おばちゃんを見る格好
どことのうタケシさんの面影あって
確かに
確かにあれはタケシさんや
ゆうたら
おばちゃん
そやろ　タケシやろ
えらい喜びはって
そやから　わたし　あれをタケシと思うて毎日見てるねん　と

それが
月も替わらんうちやった
遅霜の降りた朝

おばちゃん　わたしの顔みるなり
スズメ　行きおった
といわはった
何かに呼ばれたみたいに
庭を斜《はす》に走って
そのまま光になって飛んで行ってしもうた
これ　おまえ　何処へ行くんや
ゆうたけど
何も答えんと

酷《むご》いはなしや
いっぺん引っぱったもんを
また引っぱっていくやなんて

九

田の水　抜いて
仕上げの草引きしてました
そしたら何べんも草引きしてきたはずやのに
馴染みのない草生えとりまして
いつ見過ごしたんか
風の色みたいな花つけまして
そもそもそんな花の種　蒔いた覚えありませんでしたさかい
引き抜いてあぜ道に捨ててしまおうかと思うたんですが

ああ
その日は二郎の命日

花影をよぎる
風のような
声のような

一枝だけもろうて
仏壇の花にしましたら
場を得たように
次のつぼみ
次のつぼみと咲きまして
あげく　実までつけまして

いずれ
はらはらと種をこぼすのでしょうが
種は一体
どこに落ちてゆくのでしょうか

十

明るい雨のなか
野道を乳母車押して
おスミさん通っていかはる
むかしはハイカラやった乳母車
この子いうたら
これに乗せたらすぐ寝つきよりますねん
どんな夢　見とりますのやろな

目　細めてゆうてはったけど
十九で南の空に飛び立って
夢もなんも

今では腰でふたつに折れた体の杖がわり
カタカタ
カタカタ
音がする

それにしても
空っぽの乳母車やというのに
おスミさん
傘　差しかけて
なに　濡らさんようにしてはるのやろ

彼岸花いちめんの
明るい雨のなか
カタカタ
カタカタ
こころもち
堅とう閉じた口
ほころばせて

十一

なんぼええ天気やゆうても
松の内
田もまだ寝てるし

畑もまだ寝てる
そやから　わたし
お古のセーター　手袋にでもしたろと思うて
くるくる糸車に巻いてました
そやけど　小一時間もあれば巻きとれるはずの毛糸
巻いても
巻いても

わたしはおなごのくせに羽根つきより凧揚げが好きでした
おとこのなかにおなごがひとり　と囃したてられても
ハル　おまえの凧　邪魔や　と邪険にされても
大川堤
おとこの子に混じって　凧　揚げてました
そやけどおとこの子ちゅうのはどないになってるんやろ

郵便はがき

お手数ですが
52円切手を
お貼りください

3 6 0 - 0 8 1 5

埼玉県熊谷市本石 2-97

書肆 子午線 行

○本書をご購入いただきまことにありがとうございました。今後の出版活動の参考とさせていただきたますので、裏面のアンケートとあわせてご記入いただき、ご投函くださいますと幸いです。なおご記入いただきました個人情報は、出版案内の送付以外にご本人の許可なく使用することはいたしません。

○お名前《フリガナ》

○ご年齢

歳

○ご住所

○電話／FAX

／

○ E-mail

読者カード

○書籍タイトル

○本書をどこでお知りになりましたか

1. 新聞・雑誌広告（新聞・雑誌名　　　　　　　　　　　　　　　　　　　　）
2. 新聞・雑誌等の書評・紹介記事
（掲載媒体名　　　　　　　　　　　　　　　　　　　　　　　　　　　　　）
3. ホームページなどインターネット上の情報を見て
（サイト名　　　　　　　　　　　　　　　　　　　　　　　　　　　　　　）
4. 書店で見て　5. 人にすすめられて
6. その他（　　　　　　　　　　　　　　　　　　　　　　　　　　　　　　）

○本書をどこでお求めになられましたか

1. 小売書店（書店名　　　　　　　　　　　　　　　　　　　　　　　　　　）
2. ネット書店（書店名　　　　　　　　　　　　　　　　　　　　　　　　　）
3. 小社ホームページ　4. その他（　　　　　　　　　　　　　　　　　　　　）

○本書についてのご意見・ご感想

＊ご協力ありがとうございました

書肆子午線　電話：048-577-3128　FAX：03-6684-4040
E-mail：info@shoshi-shigosen.co.jp

わたしの凧は糸の分しか揚がらんのに
おとこの子の凧というたら　糸　のうなっても
するする
するする
揚がっていって
もう目に見えんくらい高うなっても
まだ揚がっていって
糸は?
と思うたら
松ちゃんも
哲ちゃんも
繭みたいに糸吐きだして
体　透けるまで吐きだして
そこに凪

どどど
どどど
と吹いて
みんなおんなじ方角に消えてしまいやはりました

ひとは　ふたりとも男の本懐遂げたといわはったけど
そんなもん！
わたしは　糸　巻き取っています
いまだに
くるくる
くるくる
晩になっても

十二

わたしの乳
ちっちゃいやろ
裏のカズエさんのに比べたら半分や
そやさかい　やや子産むのん
控えめにしとったんやけど
地鳴りするみたいに
ドドドー
ウメヨ　フヤセヨ
ドドドー
声　湧き立って
この乳で　やや子　七人産みました

ムラのひとは
その細い体でよう産まはった
なに　乳のことは心配いらん
やや子できたらどんな乳でも乳よう出るようになる
いわはったけど
確かに最初の子だけは
そやけど順番
うしろになるにしたごうて
二番は三番の乳　飲みつくし
三番は　出ん乳吸うて
ひゅうひゅう
笛吹くみたいに音だけ鳴らし
あとは順を待つだけで
わたし

乳の大きいひと探し歩いて
もらい乳　頼みに回りました
そやけど
そのひとの乳には先客のやや子
何人もぶら下がってはって

いまだに
ぎょろ目して
来ん順　待っとったやや子の顔
染みついて
寝とっても眼の奥底に染みついて
わたしはふたり死なして
男のやや子　ひとり
女のやや子　ひとり

ちっちゃい石ふたつ
墓石《はかいし》の列の最後に並んでるやろ
右がおまえの兄ちゃん
左がおまえの姉ちゃん

十三

山田のおっちゃん
また謡《うと》うてはる

海ユカバ
山ユカバ

累々ノ
累々ノ
姓《カバネ》
屍《シカバネ》
死神サマノ蒼ザメテ
死神サマノ蒼ザメテ
舟ヲ曳キ
舟ヲ曳キ
真砂ノ浜ヲ
真砂ノ浜ヲ

未ダ
未ダニ

ヨオーッ
ヨオッ！

運ビケリ
運ビケリ

もう暗うなった
白い脚の脛《すね》しか見えません

十四

呉から回天に乗らはったと聞いてました
そやのに　悟さん
ヨコスカというところから帰ってきやはって
わたし　思わず
悟さん？　と聞きました
そしたら　悟さん
おばちゃん　なにおかしな顔してるのん
なにか付いてるけ
言わはって
まさか　もうのうなりはったもんやと思うてたとは言えず
よう　まあ　無事で
お茶でも飲んでいって

とゆうたら
番茶　うまそうに飲んで
長いこと　何も言わんと村の空　見てはりました

あれから二十年は経ちましたやろか
オリンピックや
東京音頭や
新幹線やと
ソヤ　ソヤ
ニッポンがつくる国はこんな国やったと
神輿みたいに練り歩きはじめたころ
悟さん　なんの前触れもなしに
わし　ノビ　行ってきますわ
言わはって

どこや　それ　と聞き返したら
野比　と漢字で書いて
わし　終戦まぎわ　野比海岸というところで秘密の訓練してましてん
伏龍という仲間内でもやってるもんしか知らん訓練でな
予科練あがりの若い兵集められて
何人いたのか　それも秘密で
小隊ごとに
十メートルの海の底
鉛の草鞋履いて
ゴムの潜水服着て
背中にボンベ二本
三時間潜ってました
本土決戦に備えた作戦

十尺の竹竿の先に細工した機雷で敵艦の船底めがけて突けと命じられました
伏龍やなんてもともと海に棲んでるもんみたいな名前ついてましたけど
ゴムの中は空気の循環悪うて
喉焼けてしもうて
夕暮れて波の静まる頃
どの小隊でも線香の煙たちました

小さな半島の
海水浴客もいなくなった小さな砂浜
気ィつけて
とゆうたら
悟さん
新幹線も走るようになりましたさかいすぐに帰ってきますわ
と応えはったけど

何日経っても
何日経っても
どこぞ　夜店で買わはったもんやろか
軒下の赤い風車《かざぐるま》
カラカラ回るばかりで

十五

遠《とお》で空襲警報が鳴ってました
わたしは竈の火　落さんと
大鍋いっぱいのキャラブキ煮てました
そしたら　お母ちゃん
担いでいった鍬　ほったらかしにして
家の戸開けるなり

グラマン　生駒山越えて来よった
キャラブキなんかもうどうでもええ
はよ防空壕に入り！
言わはって

カヨのキャラブキはうまい
苦みうまいこと残して
いつ　どこで覚えたんやろな
遅い春の夕飯
お母ちゃん
いつも感心したように言うてくれはるのん
それが聞きたくて

そやから　屋根すれすれにグラマン飛んで

村の縁《へり》
機銃掃射していくのん
怖いとは思いましたが
ちろちろ燃える竈の火みて
何も考えんようにしてました
家のそばの竹藪
お母ちゃんは
カヨ　カヨ！　と
わたしの名前を呼びつづけてはりましたけど

カヨは頑固《こわ》い子や
なに考えてるのか分からへん
お母ちゃんはそういいます
そやけどお母ちゃん

キャラブキのこと
ほんまにどうでもよかったんですか
とろとろと手ェ掛けて守るほどのもん
他にあったんですか
いのちは
ほんまに防空壕に入って守るほどのもんやったんですか
あの時代《とき》

いのち
南の島に棄てにいかはるのを
バンザイ　バンザイ
と見送って

十六

お宮の裏のテッオさん
えらい神妙な顔して言わはった
わし　この目で見ましたんや
雨戸閉めようとして
お宮さんの方みたら
拝殿の扉ひらいて
金色の鳥でてきよりましてな
ムラに言い伝えの金色の鳥ちゅうのん
ああこれか
と思いまして
これは何かええ兆しにちがいないと
柏手打って

合わせた手と手の隙間から見てましたら
境内のあっちの樹
こっちの樹　飛び回って
止まった樹　みんな金色に光るもんですさかい
いや　もう　神々しゅうて
目　つぶれるくらいでしたわ

ニッポン　勝ちますで

終戦まぎわ
ムラのひとはその話
どないに聞いたらええのか
頭　悩ませはって
なんせB29飛んできよっても

高射砲の弾
半分も届かんかったさかい
吉ともいえず
凶ともいえず
田の水抜くのも
スズメ追うのも忘れて
お宮さんをのう
金色の鳥がのう
拝殿からのう
いうて

それでも　テツオさんひとり
ニッポン　勝ちますで
ニッポン　勝ちますで

というて回らはって
ムラの人
どんなもんかのう
どんなもんかのう
と
動かない雲
まいにち　まいにち仰いで

十七

西の方から飛んできよったヒコーキ
生駒山越えるあたりまで編隊組んどったのに
ばらばらとばらけて
そのうちの一機

あっちによろけて
こっちによろけて
音　せんなあ
と思うてたら
さして高こうもないところから
きりもみして
墜ちてしもうた
その何倍も上の空
B29
欠伸するような音たてて
空はもうニッポンの空やのうて
あれ　見とったら
夢のなかで夢見とるようで
センソー　センソーというても

なんや紙みたいなもんやなちゅう気　しますわ

ヤスオさんがふれて回る
その後をヤスオさんの口に手あてて
ヤスオさんのお母ちゃんがついて回る
スンマヘン
スンマヘン
こんな時局にまたおかしな話しよりまして
ろくに学校にも行ってへん子です
そうかそうかと
ええ加減に聞き流してやっておくなはれ
オタノミシマス
オタノミシマス

それでも　ヤスオさん
サイドカーに乗せられて
連れていかれはった
なんや偉いひとになったような顔して
ムラ　何べんも　何べんも見返して

乾いた村の空
余程の昔のことなのに
ヤスオさん
ヤスオさんのお母ちゃん
ぼろぼろのヒコーキ
紙のセンソー
遠景になれないで
中途半端なところにぶら下がっている

十八

闇夜の銃口
額と額に当ておうてじっとしているほどの間合い
撃鉄に指かけて
長いこと　そうしてましたさかい
右手の人さし指　くの字に曲がってしもうて
いずれクニに帰って
百姓に戻ったら指も元に戻るやろうと思うてましたが
いっぺん撃鉄を引いた指は
息子ができて
孫ができても
元には戻らんと

孫が問います
じい
じいの人指し指
なんで一本だけ曲がってるのん
ねえ　ねえ
孫の好奇は執拗にわたしを追い詰める
というて
それは　な　これこれこうやと
七十年の歳月を掘り返し
どんなに平易に噛み砕いても
撃鉄を引いたとき
生温《なまぬる》い風が何日も吹いていたことまでは

じゃあ　じい

ぼくが治したる
湯舟のなか
孫は
握って
伸ばしてと
大きな声で号令をかける
ダメダメ
しっかり握って　しっかり伸ばさんと
そして　自分の人指し指をピンと立てていう
じいもやってみて
わたしは孫の指を定規に指を立てる
しかし　孫の注文どおりにはいかない
孫は落胆を交えていう
じいの人指し指ゆうたらいつもおんなじ方むいて曲がってる

孫の出た湯舟
湯が静まる
わたしは改めて孫のいう曲がった指の先を見る
ぽっかりと口を開けた隧道
その先の先
死んだふりした戦争が
薄目をあけてこちらを見ている

十九

耳　遠うなりました
目　暗うなりました
ひとさまは

補聴器つけなはれ
手術しなはれ
世界　変わりますよって
というてくれはります

と　いうて
はい　はい　そうします
とは

大川堤を
ずっと
ハーモニカを吹いている男の子がいます

履いている半ズボンの接ぎに覚えがあります

ミの音が欠けるのに覚えがあります
損なわれるもん
損なわれるほどに
大川堤　はっきりして
男の子　はっきりして

どこから届くひかりでしょうか

お心遣い　おおきに
そやけど
補聴器は止めます
手術もやめます
どこから届くのか分からんひかりでも

村にひとりくらい
見てるもんおらんと
斜《はす》に傾いたら皆　滑り落ちます

二十

神童や　神童や
川上村の神童やとよそ村のひとに言われ
わたしらも鼻の高かった巽の角のキヨシさん
引き揚げてきやはってからというもん
どことのうおかしい
帰りどころ間違えたように
余所《よそ》もんみたいな顔してはって

吊るし柿　鳥がつつくのも
葱　葱坊主つけてるのも頓着なしで
ぶらぶらしてはる

どうなってしまいやはった
なにか憑きもんにでも憑かれはったか
いや
そっとしといたり
そっとしといたり

そして　三年目
おばちゃん　稲刈りしてきたん
声掛けられました
ああ　よかったな

ようやっとキヨシさん
キヨシさんのところに戻ってきやはったんやな
安堵して
キヨシさんは？
と聞いたら
わしも稲刈りしてきましてん
と言わはって
どこの田や　と聞いたら
南の空の星　指さして
あそこや
と答えはりました

そんな
わたし　からかわれてんのかと思いました

そやけど
ようよう見たら
キヨシさん
自分で気ィついてはったかどうか
背に
何十人も兵隊さん
負うて

二十一

わたしのお母ちゃんな
わたしが十一のとき亡《のう》ならはって
真夏の朝やった

わたしは何したらええのんか分からへんかったよって
井戸の水
汲んでは流し　汲んでは流ししてました
そしたら　親子ほど歳の離れた兄ちゃん
おフデ　おまえ　何しとるんや
お母ちゃん亡ならはったちゅうのに
ゆうてえらい怒らはった
けど
もともとなんでこんなことしてるのか分からへんかったさかい
やめる理由ものうて
汲んでは流し
汲んでは流し　してました
みんな　わたしのこと
おかしな子やと思うてたとおもいます

そやけど
お母ちゃんだけは喜んでくれてはる気して

おフデ
洗うてくれてるのんか
お母ちゃん　自分で自分の身
洗えんようになってしもうた
助かるわ
足の裏まで洗うてくれて

朝顔が咲いていました
その周りを金の羽音をさせてミツバチが飛んでいました

裸足で焦げた地面のうえ

あっちこっち逃げ回るような時代でしたから
もっとぎょうさんのことがあったと思います
それやのに
覚えているのはそれだけです

二十二

国語の時間やったと思います
満州にいる兵隊さんのことが書いてありました
わたしはたまにしか学校に行けませんでしたから
字ゆうても　とびとびにしか読めませんでした
そやさかい　他のひとが大きい声で字を読んで
教科書づたいに隊列を組んで
センセのあとついて行かはるのに

わたしはすぐにはぐれてしもうて
皆が何ページも先で手を叩いたり　バンザイ　バンザイと言うてはるの
ひとりで聞いてました
何や　何あったんですか
聞いてみたいと思いましたけど
みんなの邪魔になったらいかんと思うて黙っていました
そしたら
わたしとみんなの間　どんどん離れていくばっかりで
余所《よそ》のクニの見知らん道
どの方角に行ったらええのんか見当もつかんようになりました

広い　広いクニでした
どっちに行っても道は空に続いていました
両側の畑もわたしの見知らんものが植え付けられて

そのまま空に続いていました
誰ぞひとがいやはったら
わたしのいるところ何処ですかと
身ぶり手ぶりででも聞きたいと思いました
しかし　兵隊さんがニッポンの旗立てていかはった跡
ひとの影はどこにもありませんでした
わたしは何べんも迷子になっていましたから
迷子は迷子になったところを動いたらあかんと道端に座り込んでいました
ちょうどそのとき振鈴《かね》が鳴りました
センセはその段になって
わたしが隊列の中にいやへんのに気付かはったみたいで
ハナは満州に残りたいか
と聞かはりました

国じゅう　ピリピリした風が吹いていました
そやさかい　どう返事したらええ答えになるのんか
考えに考え抜いて
そうするのがおクニのためになるのやったら残ります
と答えました
そしたら　センセ
ハナ君はあんまり学校に来んけど　ええ心構えしとる
みんなもハナ君を見習わないかんな
と　言わはって
わたしは
なんで急にハナがハナ君になったんか
わけ　分からんと
教室の隅でうつむいていました
そして

あんなこと言うてしもうたけど
あんな広いクニはいらん
あんな広い畑はいらんと思うてました

二十三

お母ちゃん　たまには長い話してなとゆうたら
長い話なあと
天からながい紐　下りてきた
天からながい紐　下りてきた
四五《しご》回ゆうて寝てしまいやはった
おかしな話や
どこが長いねん
と思うたけど

天井見ながら天のこと考えとったら
なんやほんまに紐の端
するすると下りてくるのん見えて
端つかまえて引っぱったら
なんかしら音するかもしれへんと
カエルみたいに跳び上がったんやけど
けったいな紐やった
何べん跳び上がっても
もうちょっと
もうちょっとのところで届かんと

お母ちゃん　紐の話はあかん
別の話して
ゆうたら

そうか　紐はあかんか
ええ話やのになあ
そんならこれはどうやと
天から雪　降ってきた
天から雪　降ってきた
ゆうて　また寝てしまいやはった
なんや　紐が雪に変わっただけやんか
このひと　ほんまにぼくのお母ちゃんやろか
わけの分からん話して
と思うたけど
お母ちゃんの寝息　聞いとったら
雪　ひとひら　ふたひらと降りはじめ
わあ　雪や
と思うて

口開けて　雪うけて回ったんやけど
口の手前で　雪は消えてしもうて

それにしても
紐と雪
お母ちゃん　なにを思うてはったんか
皆目　ぼくには分かりません
そやけど
わからん分
そこが妙に明るうて

するする紐が下りてきます
はらはらと雪が降ってきます
そやけど

どっちも手前で消えて
いまだに　消えて

二十四

村に不審火出まして
初めは並びの一番北の家でした
それからひと月も経たんうちにその家の南の家から　火出まして
三番目　うちの裏のヨシエさんの家が燃えました
泥のような眠りの底
火柱があがって
もう手がつけられんほどでした

それをおまえは

お母ちゃん　次はうちや
北から順番に来とる
ゆうて
寝床のなか
なんまいだぶ
なんまいだぶ
と毎晩　毎晩　唱え
なにしてるのん　と聞くわたしに
こないして百回ゆうたら　火　通り越していくねん
とゆうて

そやけど六十あたりで
おまえは決まったように数　見失のうて
お母ちゃん　おれ　何回ゆうた？と聞く

そんなん　知るかいな
おまえはまた初めからやり直し
また　六十あたりで
同じことを聞く
明日は学校もあることやし
おまえは五十まで言い
残りはお母ちゃんが言うといたる
そしたら　おまえは
百やで　百きっちりやで
多ても少のうてもあかん
と念押しして

そやけどな
お母ちゃんも八十過ぎたあたりで寝てしもうて

それでも　火　収まったんは
残り二十　どなたがゆうてくれはったんやろ

二十五

縁《へり》ぎりぎりまでいきました
影みたいなひんやりとした風　吹いてました
よろけて崩れかかったら
まだまだと
低い声して帰されました

いや　なに　はじめのうちは食当たりかと思うてました
腹　ちくちくしましてな
それで梅干し　まるまるひとつ食べて様子みてました

そやけど　息するたびに土田《どた》に沈んでいくように
息をするのもしんどうなりまして　ここに来ましたんや
そしたらセンセ
腸　捩れとる
元に戻してやらんと腐る
と気安ういわはって
わたしはてっきり腹なでて戻るもんやと思いましたさかい
そんなら　センセ　すぐやってください
というたら
すぐにというてもなあ　一応　腹　切らしてもらわんと
やなんて怖ろしことといわはって
わたしは生れてこのかた注射というもんうけたことがありません
センセ　もうちょっと穏便な方法ありませんか
今さら腹まで切って治しても　先が先やし

拝みに拝みたおしたら
センセ　考えるところあったんやろか
点滴にしましょ
というてくれはって
ほれ
枇杷の葉先の滴みたいやろ
えらい気長に落ちて
もう　ふた月は経つかいなあ

夢ばっかりみてました
お母ちゃんがいやはって
となりに　お姉ちゃん　お兄ちゃんがずらっといやはって
九番目　わたしがちょっと間をあけて立っとって
おかしなもんやなあ

末子《ばっし》ちゅうのは
おまけみたいなもんで
おってもおらんでも治まりがついとる
庭の線引きも八つで丁度ええ案配におわって
九番目は入る隙間があらしません
それでも
一番上のお姉ちゃんの庭に大手鞠《おおでまり》の花が咲くとき
わたしにもわたしの花が咲く
そしたら　お母ちゃん
おツルの花も咲いたなあ
きれいやなあ　きれいやなあ
ゆうてくれはって
わたし
つけ足しみたいやったけど

なんの心残りもありません

それにしても
ゆっくり落ちて来よるなあ
なんの拍やろか
えらい遠いところからくるように
ぽとん
また　ぽとんと

二十六

いつも履いてる靴
按配良うて
そればっかり履いとりました

ついこの間　野道歩いてたら
石の当たりきつうて
上がりがまちに腰をおろして靴の底見ましたら
もう底と呼べるほどの底　のうなっていました
そやさかい
履かんくせに並べて置いといたもう一足の靴
ぼちぼちこっちの靴の世話にならんといかんなと思うて
靴の底　見ましたんや
そしたら
表は新品同様やのに
底はわたしの履いてる靴そっくりそのままに減っとりまして
だれや
だれか履いたんかと問おうと思うたんですが
ようよう考えてみたら

家人はわたしひとり
それでも
足の丈も同じで
歩き癖もわたしによう似て
一緒に歩いてても気づかんようなおひと
どなたや
どなたやろと思うて
あのひと　このひとと顔思い浮かべたんですけど
皆目　心当たりはのうて

おかしなことや

それにしても
おかしなこと　もうひとつ

傘立ての傘　いつも一本
足りません

二十七

もう　ぼちぼち
というて　あとほったらかしにしてというわけにはいきません
風まがいの赤い風　吹いて
右往左往させられましたけど
田は田仕事の順序　崩さんと
季節　季節の段取りつけて
いのち立つ位置
ここ　と示してくれました
そやさかい

田だけは土起こしして
畝しつらえておきたいと思います
春のあぜ道
いつ　どなたが通らはっても
種　蒔いていってくれはるように

あとは地の虫　天の虫に任せます
地の虫
天の虫
芽が出て　実なるまで
そして　届けないかんところには
どっちかが届けてくれますやろ
地の盆皿には地の虫
天の盆皿には天の虫が背負うて

ほんまやったら
わたしがそれをさせてもらわんといかんのやろうけど
もうそこまでは

その代りというたらなんやけど
わたしは花も実もつけんかったものらの種
持っていかさせてもらいます
そして
一粒
一粒
風の按配　見計ろうて
あっちの田に蒔かせてもらいます

二十八

秋の終わりでした
質素な葬レンがでました
嫁いで来やはったばかりのおひとのもんでした
隣の字《あざ》のもんでしたさかい
わたしは　稲を刈るのをやめて
手だけ合わさせてもらいました
その夕べ
おまえはいつもどおり田の隅に陣取って
虫の声の間《ま》　つなぐように
お母ちゃん
腹へった
もう帰ろうな　と

くりかえし
くりかえし

南風でした
シゴンドの田から家に帰る道々
不意におまえはいいました
お母ちゃん
ええ香気《かざ》やな
どこぞでサンマ焼いてはるのやろか

サンマやて
ああ
おまえが学校に行っているうちに
葬レンは行き過ぎた

おまえがまだ星と星のあいだを泳いでるうちに
死臭芬芬《ふんぷん》
死神も行き過ぎた

お月さんはもうだいぶ高こうなっていました
おまえは
サンマや
サンマやゆうて
月の野道
ウサギみたいにピョンピョン跳ねて

二十九

アザミの花　咲いてました

わたしは稗抜きをしてました

空襲警報がいっぺんも鳴らへんかった日
雲は朝から晩までおなじところにありました

わたしは
終わったんやな
と思いました

その晩
夕ご飯　どうしようと思いました
麦飯は麦飯でも
麦の按配　どのくらいにしたもんかと
桝に麦入れて

増やしたり
戻したり

そやけど
わたしらにしてみれば
終わろうが
終わるまいが
麦は
いつもどおり
喉掻くか　掻かんほどに
それがわたしらの流儀やと
炊きたての麦ご飯
久々に

ゆっくり　ゆっくり噛んで
みんな黙ってたべました

三十

器が溢れています
夏雲のむこうの
もう誰のものか見当もつかない器です
絵柄が消えて
わたしの　と思えばそうと思えますし
どこぞのお人の　と見ればそうも見えます

海にひとを失のうて
空にひとを失のうて

それでも
辛抱や　辛抱せんと　と
身を縛りつけ

名を呼ぶかわりに
手にした尖り石　ギリギリと鳴らし
まるうなってもギリギリと鳴らし

かと言うて　それで癒えるもの
つゆありませんでしたが

雫はぽとん　ぽとんと

夏空のむこう
器が溢れて
今頃になって　二滴　三滴と
零《こぼ》れてきます

覚書

文字に馴染みが薄かった故に、戦時の枠組みの中にあっても、戦争の意味の直撃を免れた関西の一盆地の村の、とりわけ、とり残されて農を生きることで命と正対し得た女たち、文字を辿るに足元のおぼつかない子どもたちの戦争を聞きたくて、私自身の内に残る切れぎれの声を遡上してこの詩集を書いた。

枇杷《びわ》の葉風土記《はふどき》
発行日＝二〇一八年七月二〇日
著者＝若尾儀武　発行者＝春日洋一郎
発行所＝書肆 子午線　〒三六〇―〇八一五 埼玉県熊谷市本石二―九七（本社）
〒一六二―〇〇五五 東京都新宿区余丁町八―二七―四〇四（編集室）
電話 〇四八―五七七―三一二八　ＦＡＸ 〇三―六六八四―四〇四〇　メール：info@shoshi-shigosen.co.jp
印刷・製本＝渋谷文泉閣

ISBN 978-4-908568-14-5　C0092